紅樓夢第一百十一回

鴛鴦女殉主登太虛　狗彘奴欺天招夥盜

話說鳳姐聽了小丫頭的話又氣又急又傷心不覺吐了一口血便昏暈過去坐在地下平兒急來靠着忙叫了人來攙扶着慢慢的送到自巳房中將鳳姐輕輕的安放在炕上立刻叫小紅斟上一盃開水送到鳳姐唇邊鳳姐呷了一口昏迷仍睡秋桐過來略瞧了一瞧却便走開平兒也不叫他只見豐兒在傍站着平兒叫他快快的去回明白了的二奶奶吐血發暈不能照應的話告訴了邢王二夫人邢夫人打諒鳳姐推病藏躲因這時女親在內不少也不好說別的心裡却不全信只說叫他

歇着去罷衆人也並無言語只說這晚人客來往不絕幸得幾個內親照應家下人等見鳳姐不在也有偷閒歇力的亂亂吵吵巳鬧的七顛八倒不成事體了到二更多天遠客去後便預備辭靈孝幕內的女眷大家都哭了一陣只見鴛鴦巳哭的昏暈過去了大家扶住捶鬧了一陣纔醒過來便說老太太疼我一場我跟了去的話衆人都打諒人到悲哭俱有這些言語也不理會到了辭靈之時上上下下也有百十衆餘人只鴛鴦不在衆人忙亂之時誰去撿點到了琥珀等一千的人哭奠之時却不見鴛鴦想來是他哭乏了暫在別處歇着也不言語辭靈已後外頭賈政叫了賈璉問明送殯的事便商量着派人看家

賈璉回說上人裡頭派了芸兒在家照應不必送殯下人裡頭
派了林之孝的一家子照應拆棚等事但不知裡頭派誰看家
賈政道聽見你母親說是你媳婦病了不能去就叫他在家的
你珍大嫂子又說你媳婦病得利害還叫四丫頭陪着帶領了
幾個丫頭婆子照看上屋裡纔好賈璉聽見心想珍大嫂子與
四丫頭兩個不合所以攛掇着不叫他去若是上頭就是他照
應也是不中用的我們那一個又病着也難照應想了一回回
賈政道老爺且歇歇兒等進去商量定了再回賈政點了點頭
賈璉便進去了誰知此時鴛鴦哭了一場想到自已跟着老太
太一輩子身子也沒有着落如今大老爺雖不在家大太太的

這樣行為我也瞧不上老爺是不管事的人已後便亂世為王
起來了我們這些人不是要叫他們掇弄了麼誰收在屋子裡
誰配小子我是受不得這樣折磨的倒不如死了乾淨但是一
時怎麼樣的個死法呢一面想一面走回老太太的套間屋內
剛跨進門只見燈光慘淡隱隱有個女人拿着汗巾子好似要
上吊的樣子鴛鴦也不驚怕心裡想道這一個是誰和我的心
事一樣倒比我走在頭裡了便問道你是誰偺們兩個人是一
樣的心要死一塊兒死那個人也不答言鴛鴦走到跟前一看
並不是這屋子的丫頭再仔細一看覺得冷氣侵人時就不見
了鴛鴦呆了一呆退出在炕沿上坐下細細一想道哦是了這

是東府裡的奶奶大小蓉啊他早死了的了怎麼到這裡來必是來叫我來了他怎麼又上吊呢想了一想道是了必是教給我死的法兒鴛鴦這麼一想邪侵入骨便站起來一面哭一面開了粧匣取出那年絞的一綹頭髮揣在懷裡就在身上解下一條汗巾按着秦氏方纔比的地方拴上自己又哭了一回聽見外頭人客散去恐有人進來急忙關上屋門然後端了一個腳凳自己站上把汗巾拴上扣兒套在咽喉便把腳凳蹬開可憐咽喉氣絕香魂出竅正無投奔只見秦氏隱隱在前鴛鴦的魂魄疾忙赶上說道蓉大奶奶你等等我那個人道我並不是什麼蓉大奶奶乃警幻之妹可卿是也鴛鴦道你明明是蓉大奶奶怎麼說不是呢那人道這也有個緣故待我告訴你你自然明白了我在警幻宮中原是個鍾情的首坐管的是風情月債降臨塵世自當為第一情人引這些痴情怨女早早歸入情司所以該當懸樑自盡的因我看破凡情超出情海歸入情天所以太虛幻境痴情一司竟自無人掌管今警幻仙子已經將你補入替我掌管此司所以命我來引你前去的鴛鴦的魂道我是個最無情的怎麼算我是個有情的人呢那人道你還不知道呢世人都把那淫慾之事當作情字所以作出傷風敗化的事來還自謂風月多情無關緊要不知情之一字喜怒哀樂未發之時便是個性喜怒哀樂已發便是情了至於你我這個

情正是未發之情就如那花的含苞一樣欲待發洩出來這情就不爲眞情了鴛鴦的魂聽了點頭會意便跟了秦氏可卿而去這裡琥珀辭了靈聽邢王二夫人分派看家的人想着去問鴛鴦明日怎樣坐車的在賈母的外間屋裡找了一遍不見便找到套間裡頭剛到門口見門兒掩着從門縫裡望裡看時只見燈光半明不滅的影影綽綽心裡害怕又不聽見屋裡有什麼動靜便走回來說道這蹄子跑到那裡去了劈頭見了珍珠說你見鴛鴦姐姐來着沒有珍珠道我也找他太太們等他說話呢必在套間裡睡着了罷琥珀道我瞧了屋裡沒有那燈也沒人夾燭花兒漆黑怪怕的我沒進去如今偺們一塊兒進去

瞧看有沒有琥珀等進去正夾燭花珍珠說誰把腳凳撂在這裡幾乎絆我一跤說着往上一瞧唬的噯喲一聲身子往後一仰咕咚的栽在琥珀身上琥珀也看見了便大嚷起來只是兩隻腳挪不動外頭的人也都聽見了跑進來一瞧大家嚷着報與邢王二夫人知道王夫人寶釵等聽了都哭着去瞧邢夫人道我不料鴛鴦倒有這樣志氣快叫人去告訴老爺只有寶玉聽見此信便唬的雙眼直豎襲人等慌忙扶着說道你要哭就哭別憋着氣寶玉死命的纔哭出來了心想鴛鴦這樣一個人偏又這樣死法又想實在天地間的靈氣獨鍾在這些女子身上了他算得了死所我們究竟是一件濁物還是老太太的兒

孫誰能赶得上他復又喜歡起來那時寶釵聽見寶玉大哭也出來了及到跟前見他又笑襲人等忙說不好了又要瘋了寶釵道不妨事他有他的意思寶玉聽了更喜歡寶釵的話到是他還知道我的心別人那裡知道正在胡思亂想賈政等進來着寔的嗟嘆着說道好孩子不枉老太太疼他一場卽命賈璉出去吩咐人連夜買棺盛殮明日便跟着老太太的殯送出也停在老太太棺後全了他的心志賈璉答應出去這裡命人將鴛鴦放下停放裡間屋內平兒也知道了過來同襲人鶯兒等一干人都哭的哀哀欲絕內中紫鵑也想起自已終身一無着落恨不跟了林姑娘去又全了主僕的恩義又得了死所如今空懸在寶玉屋內雖說寶玉仍是柔情密意究竟算不得什麼于是更哭得哀切王夫人卽傳了鴛鴦的嫂子進來叫他看着入殮遂與邢夫人商量了在老太太項內賞了他嫂子一百兩銀子還說等閑了將鴛鴦所有的東西俱賞他們他嫂子磕了頭出去反喜歡說真真的我們姑娘是個有志氣的有造化的又得了好名聲又得了好發送傍邊一個婆子說道罷呀嫂子這會子你把一個活姑娘賣了一百銀便這麽喜歡了那時候兒給了大老爺你還不知得多少銀錢呢你該更得意了一句話戳了他嫂子的心便紅了臉走開了剛走到二門上見林之孝帶了人抬進棺材來了他只得也跟進去帮着盛殮假意哭

嚎了幾聲賈政因他爲賈母而死要了香來上了三炷作了一個揖說他是殉葬的人不可作了頭論你們小一輩都該行個禮寶玉聽了喜不自勝走上來恭恭敬敬磕了幾個頭賈璉想他素日的好處也要上來行禮被邢夫人說道有了一個爺們便罷了不要折受他不得超生賈璉就不便過來了寶釵聽了心中好不自在便說道我原不該給他行禮但只老太太去世偺們都有未了之事不敢胡爲他肯替偺們盡孝偺們也該托托他好好的替偺們伏侍老太太西去也少盡一點子心哪說着扶了鶯兒走到靈前一面奠酒那眼淚早撲簌簌流下來了奠畢拜了幾拜狠狠的哭了他一塲衆人也有說寶玉的兩口

子都是傻子也有說他兩個心腸兒好的也有說他知禮的賈政反倒合了意一面商量定了看家的仍是鳳姐惜春餘者都遣去伴靈一夜誰敢安眠一到五更聽見外面齊人到了辰初發引賈政居長衰麻哭泣極盡孝子之禮靈柩出了門便有各家的路祭一路上的風光不必細述走了半日來至鐵檻寺安靈所有孝男等俱應在廟伴宿不題且說家中林之孝帶領拆了棚將門窻上好打掃淨了院子派了巡更的人到晚打更上夜只是榮府規例一到二更三門掩上男人便進不去了裡頭只有女人們查夜鳳姐雖隔了一夜漸漸的神氣清爽了些只是那裡動得只有平兒同着惜春各處走了一走吩咐了上夜

的人也便各自歸房却說周瑞的干兒子何三去年賈珍管事之時因他和鮑二打架被賈珍打了一頓攆在外頭終日在賭塲過日近知賈母死了必有些事情領辦豈知探了幾天的信一些也沒有想頭便噯聲嘆氣的回到賭塲中悶悶的坐下那些人便說道老三你怎麼樣不下來撈本了麼何三道倒想要撈一撈呢就只沒有錢麼那些人道你到你們周大太爺那裡去了幾日府裡的錢你也不知弄了多少來又來和我們裝窮兒了何三道你們還說呢他們的金銀不知有幾百萬只藏着不用明兒留着不是火燒了就是賊偷了他們纔死心呢那些人道你又撒謊他家抄了家還有多少金銀何三道你們還不知道呢抄去的是擱不了的如今老太太死了還留了好些金銀他們一個也不使都在老太太屋裡擱着等送了殯回來纔分呢內中有一個人聽在心裡擲了幾骰便說我輸了幾個錢也不番本兒了睡去了說着便走出來拉了何三道老三我和你說句話何三跟他出來那人道你這樣一個伶俐人這樣窮爲你不服這口氣何三道我命裡窮可有什麼法兒呢那人道你纔說榮府的銀子這麼多爲什麼不去拿些使換使換何三道我的哥哥他家的金銀雖多你我去白要一二錢他們給偺們嗎那人笑道他不給偺們偺們就不會拿嗎何三聽了這話裡有話道問道依你說怎麼樣拿呢那人道我說你沒有本事若

是我早拿了來了何三道你有什麽本事那人便輕輕的說道你若發財你就引個頭兒我有好些朋友都是通天的本事不要說他們送殯去了家裡剩下幾個女人就讓有多少男人也不怕只怕你沒這麽大胆子罷咧何三道什麽敢不敢你打諒我怕那個乾老子麽我是瞧着乾媽的情兒上頭纔認他做乾老子罷咧他又算了人了你剛纔的話就只怕弄不來倒招了饑荒他們那個衙門不熟別說拿不來倘或拿了來也要鬧出來的那人道這麽說你的運氣來了我的朋友還有海邊上的呢現今都在這裡看個風頭等個門路若到了手你我在這裡也無益不如大家下海去受用不好麽你若捨不下你乾媽偕

們索性把你乾媽也帶了去大家夥兒樂一樂好不好何三道老大你別是醉了罷這些話混說的麽說着拉了那人走到一個僻靜地方又個人商量了一回各人分頭而去暫且不題

且說包勇自被賈政吆喝派去看園賈母的事出來也忙了不會派他差使他也不理會總是自做自吃悶來睡一覺醒時便在園裡耍刀弄棍倒也無拘無束那日賈母一早出殯他雖知道因沒有派他差事他任意閑遊只見一個女尼帶了一個道婆來到園内腰門那裡扣門包勇走來說道女師父那裡去道婆道今日聽得老太太的事完了不見四姑娘送殯想必是在家看家想他寂寞我們師父來瞧他一瞧包勇道主子都不在

家園門是我看的請你們囘去罷要來呢等主子們出來了再來婆子道你是那裡來的個黑炭頭也要管起我們的走動來了包勇道我嫌你們這些人我不叫你們來你們有什麽法兒婆子生了氣嚷道這都是反了天的事了連老太太在日還不能攔我們的來往走動呢你是那裡的這麽個橫強盜這樣沒法沒天的我偏要打這裡走說着便把手在門環上狠狠的打了幾下妙玉已氣的不言語正要囘身便走不料裡頭看二門的婆子聽見有人拌嘴是的開門一看見是妙玉已經囘身走去明知必是包勇得罪了近日婆子們都知道上頭太太們四姑娘都親近得狠恐他日後說出門上不放他進來那時

如何就得住赶忙走來說不知師父來我們開門進了我們四姑娘在家裡還正想師父呢快請囘來看園的小子是個新來的他不知偺們的事囘來囘了太太打他一頓攆出去就完了妙玉雖是聽見總不理他那經得看腰門的婆子赶上再四央求後來纔說出怕自已擔不是幾乎急的跪下妙玉無奈只得隨了那婆子過來包勇見這般光景自然不好攔他氣得瞪眼嘆氣而囘這裡妙玉帶了道婆走到惜春那裡道了惱叙了些閒話說起在家看家只好熬個幾夜但是二奶奶病着一個人又悶又是害怕能有一個人在這裡我就放心如今裡頭一個男人也沒有今兒你既光降肯伴我一宿偺們下棋說話兒可

使得麼妙玉本自不肯見惜春可憐又提起下棋一時高興應了打發道婆同去取了他的茶具衣褥命侍兒送了過來大家坐談一夜惜春欣幸異常便命彩屏去開上年蠲的雨水預備好茶那妙玉自有茶具那道婆去了不多一時又來了個侍者帶了妙玉日用之物惜春親自烹茶兩人言語投機說了半天那時已是初更時候彩屏放下棋枰兩人對奕惜春連輸兩盤妙玉又讓了四個子兒惜春方贏了半子這時已到四更天空地濶籟萬無聲妙玉道我到五更須得打坐一回我自有人伏侍你自去歇息惜春猶是不捨見妙玉要自已養神不便謬他正要歇去猛聽得東邊上屋內上夜的人一片聲喊起惜春那

裡的老婆子們也接着聲嚷道了不得了有了人了唬得惜春彩屏等心膽俱裂聽見外頭上夜的男人便聲喊起來妙玉道不好了必是這裡有了賊了正說着這裡不敢開門便掩了燈光在窻戶眼內往外一瞧只見幾個男人站在院內唬得不敢作聲回身擺着手輕輕的爬下來說了不得外頭有幾個大漢站着說猶未了又聽得房上响聲不絕便有外頭上夜的人進來吆喝拿賊一個人說道上屋裡的東西都丟了並不見人東邊有人去了咱們到西邊去惜春的老婆子聽見有自已的人便在外間屋裡說道這裡有好些人上了房了上夜的都道你瞧這可不是嗎大家一齊嚷起来只聽房上飛下好些瓦來衆

人都不敢上前正在沒法只聽園門腰門一聲大响打進門來見一個稍長大漢手執木棍衆人唬得藏躲不及聽得那人喊說道不要跑了他們一個你們都跟我來這些家人聽了這話越發唬的骨軟筋酥連跑也跑不動了只見這人站在當地只管亂喊家人中有一個眼尖些的看出來了你道是誰正是甄家薦來的包勇這些人家不覺胆壯起来便顫巍巍的說道有一個走了有的在房上呢包勇便向地下一撲聳身上房追赶那賊這些賊人明知賈家無人先在院內偷看惜春房內見有個絕色女尼便頓起淫心又欺上屋俱是女人且又畏懼正要踹進門去因聽外面有人進來追赶所以賊衆上房見人不多

還想抵擋猛見一人上房赶来那些賊見是一人越發不理論了便用短兵抵住那經得包勇用力一棍打去將賊打下房來那些賊飛奔而逃從園墻過去包勇也在房上追捕豈知園內早藏下了幾個在那裡接贓已經接過好些見賊夥跑回大家舉械保護見追的只有一人明欺寡不敵衆反到迎上来包勇一見生氣道這些毛賊敢來和我們鬧那夥賊便說我們有一個夥計被他們打倒了不知死活偺們索性搶了他出来這裡包勇聞聲卽打那夥賊便輪起器械四五個人圍住包勇亂打起來外頭上夜的人也都仗着膽子只顧赶了來衆賊見鬪他不過只得跑了包勇還要赶時被一個箱子一絆立定看時心

想東西丟了衆賊遠逃也不追趕便叫衆人將燈照看地下只有幾個空箱叫人收拾他便欲跑回上房因路徑不熟走到鳳姐那邊見裡面燈燭輝煌便問這裡有賊沒有裡頭的平兒戰兢兢的說道這裡也沒開門只聽上屋叫喊說有賊呢你到那裡去罷包勇正摸不着路頭遙見上夜的人過來纔跟着一齊尋到上屋見是門開戶啟那些上夜的在那裡啼哭一時賈芸林之孝都進來了見是失盜大家着急進內查點老太太的房門大開將燈一照鎖頭擰折進內一瞧箱櫃已開便罵那些上夜女人道你們都是死人麼賊人進來你們不知道的麼那些上夜的人啼哭着說道我們幾個人輪更上夜是管二三更的

我們都沒有住脚前後走的他們是四更五更我們的下班兒只聽見他們喊起來並不見一個人趕着照看不知什麼時候把東西早已丟了求爺們問管四五更的林之孝的道你們個個要死回來再說咱們先到各處看去上夜的男人領着走到尤氏那邊門兒關緊有幾個接音說唬死我們了林之孝的問道這裡沒有丟東西裡頭的人方開了門道這裡沒丟東西林之孝帶着人走到惜春院內只得裡面說道了不得了唬死了姑娘了醒醒兒罷林之孝便叫人開門問是怎樣了裡頭婆子開門說賊在這裡打仗把姑娘都唬壞了虧得妙師父和彩屏纔將姑娘救醒東西是沒失林之孝道賊人怎麼打仗上夜的

男人說幸虧包大爺上了房把賊打跑了去了還聽見打倒一個人呢包勇道在園門那裡呢賈芸等走到那邊果見一人躺在地下死了細細一瞧好像周瑞的乾兒子衆人見了咤異派一個人看守着又派兩個人照看前後門俱仍舊關鎖着林之孝便叫人開了門報了營官立刻到來查勘踏察賊蹟是從後夾道上屋的到了西院房上見那瓦破碎不堪一直過了後園去了衆上夜的齊聲說道這不是賊是强盗營官着急道並非明火執杖怎算是盜上夜的道我們赶賊他在房上擲瓦我們不能近前幸虧我們家的姓包的上房打退趕到園裡還有好幾個賊竟與姓包的打仗打不過姓包的纔都跑了營官道可

又來若是强盗倒打不過你們的人麼不用說了你們快查清了東西遞了失單我們報就是了賈芸等又到上屋已見鳳姐扶病過來惜春也來賈芸請了鳳姐的安問了惜春的好大家查看失物因鴛鴦已死琥珀等又送靈去了那些東西都是老太太的並沒見數只用封鎖如今打從那裡查去衆人都說箱櫃東西不少如今一空偷的時候不小那些上夜的人管什麼的况且打死的賊是周瑞的乾兒子必是他們通同一氣的鳳姐聽了氣的眼睛直瞪瞪的便說把那些上夜的女人都拴起來交給營裡審問衆人叫苦連天跪地哀求不知怎生發放並失去的物有無着落下回分解

終

紅樓夢第一百一十二回

活冤孽妙尼遭大劫　死讐仇趙妾赴冥曹

話說鳳姐命捆起上夜衆女人送營審問女人跪地哀求林之孝同賈芸道你們求也無益老爺派我們看家没有事是造化如今有了事上下都耽不是誰救得你若說是周瑞的乾兒子連太太起裡裡外外的都不干凈鳳姐喘吁吁的說道這都是命裡所招和他們說什麽帶了他們去就是了都丢的東西你告訴營裡去說實在是老太太的東西問老爺們纔知道等我們報了去請了老爺們回來自然開了失单送來文官衙門裡我們也是這樣報賈芸林之孝答應出去惜春一句話也没有

只是哭道這些事我從來没有聽見過爲什麽偏偏碰在咱們兩個人身上明兒老爺太太回來我怎麽見人說把家裡交給偺們如今鬧到這個分兒還想活着麽鳳姐道偺們願意嗎現在有上夜的人在那裡惜春道你還能說况且你又病着我是没有說的這都是我大嫂子害了我的他攛掇着太太派我看家的如今我的臉擱在那裡呢說着又痛哭起來鳳姐道姑娘你快別這麽想若說没臉大家一樣的你若這麽糊塗想頭我更擱不住了二人正說着只聽見外頭院子裡有人大嚷的說道我說那三姑六婆是再要不得的我們甄府裡從來是一槩不許上門的不想這府裡倒不講究這個呢昨兒老太太的

寧纔出去那個什麼庵裡的尼姑死要到偺們這裡來我吆喝着不准他們進來腰門上的老婆子倒罵我死央及叫放那姑子進去那腰門子一會兒開着一會兒關着不知做什麼我不放心沒敢睡聽到四更這裡就嚷起來我來叫門倒不開了我聽見聲兒緊了打開了門見西邊院子裡有人站着我便赶走打死了我今兒纔知道這是四姑奶奶的屋子那個姑子就在裡頭今兒天沒亮溜出去了可不是那姑子引進來的賊麼平兒等聽着都說這是誰這麼沒規矩姑娘奶奶都在這裡敢在外頭混嚷嗎鳳姐道你聽見說他甄府裡別就是甄家薦來的那個厭物罷惜春聽得明白更加心裡過不的鳳姐接着問惜春道那個人混說什麼姑子你們那裡弄了個姑子住下了惜春便將妙玉來瞧他留着下棋守夜的話說了鳳姐道是他麼他怎麼肯這樣是再沒有的話但是叫這討人嫌的東西嚷出來老爺知道了也不好惜春愈想愈怕站起來要走鳳姐雖說坐不住又怕惜春害怕弄出事來只得叫他先別走且看着人把偷剩下的東西收起來再派了人看着纔好走呢平兒道偺們不敢收等衙門裡來了踏看了纔好收呢偺們只好看着但只不知老爺那裡有人去了沒有鳳姐道你叫老婆子問去一回進來說林之孝是走不開家下人要伺候查驗的再有的是說不清楚的已經芸二爺去了鳳姐點頭同惜春坐着發愁且

說那夥賊原是何三等邀的偷搶了好些金銀財寶接運出去見人追赶知道都是那些不中用的人要往西邊屋內偷去在牕外看見裡面燈光底下兩個美人一個姑娘一個姑子那些賊那顧性命頓起不良就要踹進來因見包勇來赶纔獲贓而逃只不見了何三大家且躲入窩家到第二天打聽動靜知是何三被他們打死已經報了文武衙門這裡是躲不住的便商量趂早歸入海洋大盜一處去若遲了通緝文書一行關津上就過不去了內中一個人胆子極大便說偺們走是走我就只捨不得那個姑子長的寔在好看不知是那個庵裡的雛兒呢一個人道啊呀我想起來了必就是賈府園裡的什麼櫳翠庵

裡的姑子不是前年外頭說他和他們家什麼寶二爺有原故後來不知怎麼又害起相思病来了請大夫吃藥的就是他那一個人聽了說偺們今日躲一天叫偺們大哥借錢置辦些買賣行頭明兒亮鐘時候陸續出關偺們在關外二十里坡等我衆賊議定分贓俵散不題且說賈政等送殯到了寺內安厝畢親友散去賈政在外廂房伴靈邢王二夫人等在內一宿無非哭泣到了第二日重新上祭正擺飯時只見賈芸進來在老太太靈前磕了個頭忙忙的跑到賈政跟前跪下請了安喘吁吁的將昨夜被盜將老太太上房的東西都偷去包勇赶賊打死了一個已經呈報文武衙門的話說了一遍賈政聽了發怔那

王二夫人等在裡頭也聽見了都唬得魂不附體並無一言只有啼哭賈政過了一會子問失单怎樣開的賈芸回道家裡的人都不知道還沒有開單賈政道還好偺們動過家的若開出好的來反躭罪名快叫璉兒賈璉領了寶玉等去別處上祭未回賈政叫人赶了回來賈璉聽了急得直跳一見芸兒也不顧賈政在那裡便把賈芸狠狠的罵了一頓說不配抬舉的東西我將這樣重任托你押着人上夜巡更你是死人麼虧你還有臉來告訴說着往賈芸臉上啐了幾口賈芸垂手站着不敢回一言賈政道你罵他也無益了賈璉然後跪下說這便怎麼樣賈政道也沒法兒只有報官緝賊但只是一件老太太遺下的

東西偺們都沒動你說要銀子我想老太太死得几天誰忍得動他那一項銀子原打諒完了事算了賬還人家再有的在這裡和南邊置墳產的再有東西也沒見數兒如今說文武衙門要失單若將几件好的東西開上恐有礙若說金銀若干衣飾若干又沒有寔在數目謊開使不得倒可笑你如今竟換了一個人了為什麼這樣了理不開你跪在這裡是怎麼樣呢賈璉也不敢答言只得站起來就走賈政又叫道你那裡去賈璉又跪下道趕回去料理清楚再來回賈政哼的一聲賈璉把頭低下賈政道你進去回了你母親叫了老太太的一兩個了頭去叫他們細細的想了開單子賈璉心裡明知老太太的東西都

是鴛鴦經管他死了問誰就問珍珠他們那裡記得清楚只不
敢駁回連連的答應了起來走到裡頭那王夫人又埋怨了一
頓叫賈璉快回去問他們這些看家的說明見怎麼見我們賈
璉也只得答應了出來一面命人套車預備琥珀等進城自已
騎上騾子跟了幾個小廝如飛的回去賈芸也不敢再回賈政
斜簽着身子慢慢的溜出來騎上了馬來趕賈璉一路無話到
了回家中林之孝請了安一直跟了進來賈璉到了老太太上
屋見了鳳姐惜春在那裡心裡又恨又說不出來便向林之孝
道衙門裡瞧了沒有林之孝自知有罪便跪下回道文武衙門
都瞧了來踪去跡也看了屍也驗了賈璉吃驚道又驗什麼屍

林之孝又將包勇打死的夥賊似周瑞的乾兒子的話回了賈
璉賈璉道叫芸兒賈芸進來也跪着聽話賈璉道你見老爺時
怎麼沒有回周瑞的乾子做了賊被包勇打死的話賈芸說道
上夜的人說像他的恐怕不真所以沒有回賈璉道好糊塗東
西你若告訴了我就帶了周瑞來一認可不就知道了林之孝
回道如今衙門裡把屍首放在市口兒招認去了賈璉道這又
是個糊塗東西誰家的人做了賊被人打死要償命麼林之孝
回道這不用人家認奴才就認得是他賈璉聽了想道是啊我
記得珍大爺那一年要打的可不是周瑞家的麼林之孝回說
他和鮑二爺打架來着還見過的呢賈璉聽了更生氣便要打

上夜的人林之孝哀告道請二爺息怒那些上夜的人派了他們還敢偷懶只是爺府上的規矩三門裡一個男人不敢進去的就是奴才們裡頭不叫也不敢進去奴才在外同芸哥兒刻刻查點見三門關的嚴嚴的外頭的門一重沒有開那賊是從後夾道子來的賈璉道裡頭上夜的女人呢林之孝將分更上夜奉奶奶的命捆着等爺審問的話回了賈璉又問包勇呢林之孝說又往園裡去了賈璉便說去叫來小廝們便將包勇帶來說還虧你在這裡若沒有你只怕所有房屋裡的東西都搶了去了呢包勇也不言語惜春恐他說出那話心下着急鳳姐也不敢言語只見外頭說琥珀姐姐等回來了大家見了不免

又哭一場賈璉叫人檢點偷剩下的東西只有些衣服尺頭錢箱未動餘者都沒有了賈璉心裡更加着急想着外頭的棚杠銀廚房的錢都沒有付給明兒拿什麼還呢便呆想了一會只見琥珀等進去哭了一會見箱櫃開着所有的東西怎能記憶便胡亂想猜虛擬了一張失單命人即送到文武衙門賈璉復又派人上夜鳳姐惜春各自回房賈璉不敢在家安歇也不及埋怨鳳姐竟自騎馬趕出城外這裡鳳姐又恐惜春短見又打發了豐兒過去安慰天已二更不言這裡賊去關門衆人更加小心誰敢睡覺且說夥賊一心想着妙玉知是孤菴女衆不難欺負到了三更靜便拿了短兵器帶了些悶香跳上高墻遠遠

瞧見櫳翠菴內燈光猶亮便潛身溜下藏在房頭僻處等到四更見裡頭只有一盞海燈妙玉一人在蒲團上打坐歇了一會便噯聲嘆氣的說道我自元墓到京原想傳個名的爲這裡請來不能又棲他處昨兒好心去瞧四姑娘反受了這蠢人的氣夜裡又受了大驚今日回來那蒲團再坐不穩只覺肉跳心驚因素常一個打坐的今日又不肯叫人相伴豈知到了五更寒顫起來正要叫人只聽見窗外一响想起昨晚的事更加害怕不免叫人豈知那些婆子都不答應自已坐着覺得一股香氣透入顖門便手足麻木不能動彈口裡也說不出話來心中更自着急只見一個人拿着明晃晃的刀進來此時妙玉心中却

是明白只不能動想是要殺自已索性橫了心倒他不怕那知那個人把刀揷在背後騰出手來將妙玉輕輕的抱起輕薄了一會子便拖起背在身上此時妙玉心中只是如醉如痴可憐一個極潔極淨的女兒被這强盜的悶香薰住由着他擺弄了去了却說這賊背了妙玉來到園後墻邊搭了軟梯爬上墻跳出去了外邊早有夥計弄了車輛在園外等着那人將妙玉放倒在車上反打起官銜燈籠叫開柵欄急急行到城門正是開門之時門官只知是有公幹出城的也不及查詰趕出城去那夥賊加鞭赶到二十里坡和衆强徒打了照面各自分頭奔南海而去不知妙玉被刼或是甘受汚辱還是不屈而死不知下

落也難妄擬只言櫳翠菴一個跟妙玉的女尼他本住在靜室後面睡到五更聽見前面有人聲响只道妙玉打坐不安後來聽見有男人脚步門牕响動欲要起來瞧看只是身子發軟懶怠開口又不聽見妙玉言語只睁着兩眼聽着到了天亮終覺得心裡清楚披衣起來叫了道婆預備妙玉茶水他便往前面來看妙玉豈知妙玉的踪跡全無門窗大開心裡詫異昨晚响動甚是疑心說這樣早他到那裡去了走出院門一看有一個軟梯靠墻立着地下還有一把刀鞘一條搭膊便道不好了昨晚是賊燒了悶香了急叫人起來查看菴門仍是緊閉那些婆子女侍們都說昨夜煤氣熏着了今早都起不起來這麽早叫

我們做什麽那女尼道師父不知那裡去了衆人道在觀音堂打坐呢女尼道你們還做夢呢你來瞧瞧衆人不知也都着忙開了菴門滿園裡都找到了想來或是到四姑娘那裡去了衆人來叩腰門又被包勇罵了一頓衆人說道我們妙師父昨晚不知去向所以來找求你老人家叫開腰門問一問來了没來就是了包勇道你們師父引了賊來偷我們已經偷到手了他跟了賊去受用去了衆人道阿彌陀佛說這些話的防着下割舌地獄包勇生氣道胡說你們再鬧我就要打了衆人陪笑央告道求爺叫開門我們瞧瞧没若有再不敢驚動你太爺了包勇道你不信你去找若没有回來問你們包勇說着叫開腰門

衆人且找到惜春那裡惜春正是愁悶惦着妙玉清早去後不知聽見我們姓包的話了沒有只怕又得罪了他以後總不肯來我的知己是沒有了況我現在實難見人父母早死嫂子嫌我頭裡有老太太到底還疼我些如今也死了留下我孤苦伶仃如何了局想到迎春姐姐磨折死了史姐姐守着病人三姐姐遠去這都是命裡所招不能自由獨有妙玉如閒雲野鶴無拘無束我能學他就造化不小了但我是世家之女怎能遂意這回看家已大就不是還有何顏在這裡又恐太太們不知我的心事將來的後事如何呢想到其間便要把自己的青絲絞去要想出家彩屏等聽見急忙來勸豈知已將一半頭髮絞去彩屏愈加着忙說道一事不了又出一事這可怎麼好呢正在吵鬧只見妙玉的道婆來找妙玉彩屏問起來由先唬了一跳說是昨日一早去了沒來裡面惜春聽見急忙問道那裡去了道婆們將昨夜聽見的響動被煤氣熏着今早不有見妙玉菴內梯刀鞘的話說了一遍惜春驚疑不定想起昨日包勇的話來必是那些強盜看見了他昨晚搶去了也未可知但是他素來孤潔的很豈肯惜命怎麼你們都沒聽見麼衆人道怎麼不聽見只是我們這些人都是睜着眼連一句話也說不出必是那賊子燒了悶香妙姑一人想也被賊悶住不能言語況且賊人必多拿刀弄杖威逼着他還敢聲喊麼正說着包勇又在腰

門那裡嚷說裡頭快把這些混賬的婆子赶了出來能快關腰門彩屏聽見恐就不是只得叫婆子出去叫人關了腰門惜春于是更加苦楚無奈彩屏等再三以禮相勸仍舊將一半青絲籠起大家商議不必聲張就是妙玉被搶也當作不知且等老爺太太回來再說惜春心裡的死定下一個出家的念頭暫且不提且說賈璉回到鐵檻寺將到家中查點了上夜的人開了失单報去的話回了賈政道怎樣開的賈璉便將琥珀所記得的數目單子呈出並說這上頭元妃賜的東西已經註明還有那人家不大有的東西不便開上等侄兒脫了孝出去托人細細的緝訪少不得弄出來的賈政聽了合意就點頭不言賈璉

進內見了邢王二夫人商量着勸老爺早些回家纔好呢不然都是亂麻是的邢夫人道可不是我們在這裡也是驚心吊胆賈璉道這是我們不敢說的還是太太的主意二老爺是依的邢夫人便與王夫人商議妥了過了一夜賈政也不放心打發寶玉進來說請太太們今日回家過兩三日再來家人們已經派定了裏頭請太太們派人罷邢夫人派了鸚哥等一干人伴靈將周瑞家的等人派了總管其餘上下人等都回去一時忙亂套車備馬賈政等在賈母靈前辭別衆人又哭了一場都起來正要走時只見趙姨娘還爬在地下不起周姨娘打諒他還哭便去拉他豈知趙姨媽滿嘴白沫眼睛直竪把舌頭吐出反

把家人唬了一大跳賈環過來亂嚷趙姨娘醒來說道我是不回去的跟着老太太回南去衆人道老太太那用你來趙姨娘道我跟了一輩子老太太大老爺還不依弄神弄鬼的來算計我我想仗着馬道婆要出出我的氣銀子白花了好些也沒有弄死了一個如今我回去了又不知誰來算計我衆人聽見早知是鴛鴦附在他身上邢王二夫人都不言語瞅着只有彩雲等代他央告道鴛鴦姐姐你死是自己願意的與趙姨娘什麼相干放了他罷見邢夫人在這裡也不敢說別的趙姨娘道我不是鴛鴦他早到仙界去了我是閻王差人拿我去的要問我爲什麼和馬婆子用魘魔法的案件說着便叫好璉二奶奶你在這裡老爺面前少頂一句兒罷我有一千日的不好還有一天的好呢好二奶奶親二奶奶並不是我要害你我一時糊塗聽了那個老娼婦的話正鬧着賈政打發人進來叫環兒婆子們去回說趙姨娘中了邪了三爺看着呢賈政道沒有的事我們先走了于是爺們等先回這裡趙姨娘還是混說一時救不過來邢夫人恐他又說出什麼來便說多派幾個人在這裡瞧着他偺們先走到了城裡打發大夫出來瞧罷王夫人本嫌他也打撒手兒寶釵本是仁厚的人雖想着他害寶玉的事心裡究竟過不去背地裡托了周姨娘在這裡照應周姨娘也是個好人便應承了李紈說道我也在這裡罷王夫人道可以不必

于是大家都要起身賈環急忙道我也在這裡嗎王夫人啐道糊塗東西你姨媽的死活都不知你還要走嗎賈環就不敢言語了寶玉道好兄弟你是走不得的我進了城打發人來瞧你說畢都上車出家寺裡只有趙姨娘賈環鸚鵡等人賈政邢夫人等先後到家到了上房哭了一場林之孝帶了家下衆人請了安跪着賈政喝道去罷明日問你姐鳳那日發暈了幾次竟不能出接只有惜春見了覺得滿面羞慚邢夫人也不理他王夫人仍是照常李紈寶釵拉着手說了幾句話獨有尤氏說道姑娘你操心了倒照應了好幾天惜春一言不答只紫漲了臉寶釵將尤氏一拉使了個眼色尤氏等各自歸房去了賈政略

略的看了一看嘆了口氣並不言語到書房席地坐下叫了賈璉賈蓉賈芸吩咐了幾句話寶玉要在書房來陪賈政賈政道不必蘭兒仍跟他母親一宿無話次日林之孝一早進書房跪着賈政將前後被盜的事問了一遍並將周瑞供了出來又說衙門拿住了鮑二身邊搜出了失單上的東西現在夾訊要在他身上要這一夥賊呢賈政聽了大怒道家奴負恩引賊偷竊家主真是反了立刻叫人到城外將周瑞捆了送到衙門審問林之孝只管跪着不敢起來賈政道你還跪着做什麼林之孝道奴才該死求老爺開恩正說着賴大等一千辦事家人上來請了安呈上喪事賬簿賈政道交給璉二爺算明了來回吆喝

着林之孝起來出去了賈璉一腿跪着在賈政身邊說了一句話賈政把眼一瞪道胡說老太太的事銀兩被賊偷去就該罰奴才拿出來麽賈璉紅了臉不敢言語站起來也不敢動賈政道你媳婦怎麽樣賈璉又跪下說看來是不中用了賈政嘆口氣道我不料家運衰敗一至如此况且環哥兒他媽尙在廟中病着也不知是什麽症候你們知道不知道賈璉也不敢言語賈政道傳出話去叫人帶了大夫瞧去賈璉卽忙答應着出來叫人帶了大夫到鐵檻寺去瞧趙姨娘未知死活下回分解

紅樓夢第一百十二回終

紅樓夢第一百十三回

懺宿寃鳳姐托村嫗　釋舊憾情婢感痴郎

話說趙姨娘在寺內得了暴病見人少了更加混說起來唬的衆人都慌就有兩個女人攙着趙姨娘雙膝跪在地下說一回哭一回有時爬在地下叫饒說打殺我了紅鬍子的老爺我再不敢了有一時雙手合着也是叫疼眼睛突出嘴裡鮮血直流頭髮披散人人害怕不敢近前那時又將天晚趙姨娘的聲音只管陰啞起來了居然鬼嚎一般無人敢在他跟前只得叫了幾個有膽量的男人進來坐着趙姨娘一時死去隔了些時又回過來整整的鬧了一夜到了第二天也不言語只裝鬼臉自已拿手撕開衣服露出胸膛好像有人剝他的樣子可憐趙姨娘雖說不出來其痛苦之狀實在難堪正在危急大夫來了也不敢胗脈只囑咐辦後事罷說了起身就走那送大夫的家人再三央告說請老爺看看脈小的好回稟家主那大夫用手一摸已無脈息賈環聽了然後大哭起來衆人只顧賈環誰料趙姨娘只有周姨娘心裡苦楚想到做偏房側室的下場頭不過如此況他還有兒子的我將來死起來還不知怎樣呢於是反哭的悲切且說那人趕回家去回稟了賈政即派家人去照例料理陪着環兒住了三天一同回來那人去了這裡一人傳十十人傳百都知道趙姨娘使了毒心害人被陰司裡拷打死了

又說是璉二奶奶只怕也好不了怎麼說璉二奶奶告的呢這些話傳到平兒耳內甚是着急看着鳳姐的樣子寔在是不能好的了看着賈璉近日並不似先前的恩愛本來事也多竟像不與他相干的平兒在鳳姐跟前只管勸慰又想着邢王二夫人回家幾日只打發人來問問並不親身來看鳳姐心裡更加悲苦賈璉回來他沒有一句貼心的話鳳姐此時只求速死心裡一想邪魔悉至只見尤二姐從房後走來漸近牀前說姐姐許久的不見了做妹妹的想念的狠要見不能如今好容易進來見姐姐姐姐的心機也用盡了偺們的二爺糊塗也不領姐姐的情反倒怨姐姐作事過於苛刻把他的前程去了叫他如今見不得人我替姐姐氣不平鳳姐恍惚說道我如今也後悔我的心忒窄了妹妹不念舊惡還來瞧我平兒在旁聽見說道奶奶說什麼鳳姐一時甦醒想起尤二姐已死必是他來索命被平兒叫甦心裡害怕又不肯說出只得勉強說道我神魂不定想是說夢話給我搥搥平兒上去搥着見個小丫頭子進來說是劉老老來了婆子們帶着來請奶奶的安平兒急忙下來說在那裡呢小丫頭子說他不敢就進來還聽奶奶的示下平兒聽了點頭想鳳姐病裡必是懶待見人便說道奶奶現在養神呢暫且叫他等着你問他來有什麼事麼小丫頭子說道他們問過了沒有事說知道老太太去世了因沒有報纔來遲

了小丫頭子說着鳳姐聽見便叫平兒你來人家好心來瞧不要冷淡人家你去請了劉老老進来我和他說說話兒平兒只得出来請劉老老這裡坐鳳姐剛要合眼又見一個男人一個女人走向炕前就像要上炕似的鳳姐着忙便叫平兒說那裡來了一個男人跑到這裡來了連叫兩聲只見豐兒小紅赶來說奶奶要什麽鳳姐睜眼一瞧不見有人心裡明白不肯說出来便問豐兒道平兒這東西那裡去了豐兒道不是奶奶叫去請劉老老去了麽鳳姐定了一會神也不言語只見平兒同劉老老帶了一個小女孩兒進来說我們姑奶奶在那裡平兒引到炕邊劉老老便說請姑奶奶安鳳姐睜眼一看不覺一陣傷心說老老你好怎麽這時候纔來你瞧你外孫女兒也長的這麽大了劉老老看着鳳姐骨瘦如柴神情恍惚心裡也就悲慘起來說我的奶奶怎麽這幾個月不見就病到這個分兒我糊塗的要死怎麽不早來請姑奶奶的安便叫青兒給姑奶奶請安青兒只是笑鳳姐看了倒也十分喜歡便叫小紅招呼着劉老老道我們屯鄉裡的人不會病的若一病了就要求神許愿從不知道吃藥的我想姑奶奶的病不要撞着什麽了罷平兒聽着那話不在理便在背地裡扯他劉老老會意便不言語那裡知道這句話倒合了鳳姐的意扎挣着說老老你是有年紀的人說的不錯你見過的趙姨娘也死了你知道麽劉老老咤

異道阿彌陀佛好端端一個人怎麽就死了我記得他也有一個小哥兒這便怎麽樣呢平兒道這怕什麽他還有老爺太太呢劉老老道姑娘你那裡知道不好死了是親生的隔了肚皮子是不中用的這句話又招起鳳姐的愁腸嗚嗚咽咽的哭起來了衆人都來解勸巧姐兒聽見他母親悲哭便走到炕前用手拉着鳳姐的手也哭起來鳳姐一面哭着道你見過了老老了沒有巧姐兒道沒有鳳姐道你的名字還是他起的呢就和乾娘一樣你給他請個安巧姐兒便走到跟前劉老老忙拉着道阿彌陀佛不要折殺我了巧姑娘我一年多不來你還認得我麽巧姐兒道怎麽不認得那年在園裡見的時候我還小前

年你來我還合你要隔年的蟈蟈兒你也沒有給我必是忘了劉老老道好姑娘我是老糊塗了若說蟈蟈兒我們屯裡多得狠只是不到我們那裡去若去了要一車也容易鳳姐道不然你帶了他去罷劉老老笑道姑娘這樣千金貴體綾羅裹大了的吃的是好東西到了我們那裡我拿什麽哄他頑拿什麽給他吃呢這倒不是坑殺我了麽說着自已還笑他說那麽着我給姑娘做個媒罷我們那裡雖說是屯鄉裡也有大財主人家幾千頃地幾百牲口銀子錢亦不少只是不像這裡有金的有玉的姑奶奶是瞧不起這種人家我們庄家人瞧着這樣大財主也筭是天上的人了鳳姐道你說去我願意就給劉老老道

這是頑話兒罷咧放着姑奶奶這樣大官大府的人家只怕還不肯給那裡肯給庄家人就是姑奶奶肯了上頭太太們也不給巧姐因他這話不好聽便走了去和青兒說話兩個女孩兒倒說得上漸漸的就熟起來了這裡平兒恐劉老老話多攪繁了鳳姐便拉了劉老老說你提起太太來你還沒有過去呢我出去叫人帶了你去見見也不枉來這一趟劉老老便要走鳳姐道忙什麼你坐下我問你近來的日子還過的麼劉老老千恩萬謝的說道我們若不仗着姑奶奶說着指着青兒說他的老子娘都要餓死了如今雖說是庄家人苦家裡也掙了好幾畝地又打了一眼井種些菜蔬瓜菓一年賣的錢也不少儘夠他們嚼吃的了這兩年姑奶奶還時常給些衣服布疋在我們村裡算過得的了阿彌陀佛前日他老子進城聽見姑奶奶這裡動了家我就幾乎唬殺了虧得又有人說不是這裡我纔放心後來又聽見說這裡老爺陞了我又喜歡就要來道喜爲的是滿地的庄家來不得昨日又聽見說老太太沒有了我在地裡打豆子聽見了這話唬得連豆子都拿不起來了就在地裡狠狠的哭了一大場我合女婿說我也顧不得你們了不管真話謊話我是要進城瞧瞧去的我女兒女婿也不是沒良心的聽見了也哭了一回子今兒天沒亮就赶着我進城來了我也不認得一個人沒有地方打聽一徑來到後門見是門神都糊

了我這一唬又不小進了門我周嫂子再找不着撞見一個小姑娘說周嫂子他得了不是了攆了我又等了好半天遇見了熟人纔得進來不打諒姑奶奶也是那麽病說着又掉下淚來平兒等着急也不等他說完拉着就走說你老人家說了半天口乾了偺們喝碗茶去罷拉着劉老老到下房坐着青兒在巧姐兒那邊劉老老道茶倒不要好姑娘叫人帶了我去請太太的安哭哭老太太去罷平兒道你不用忙今兒也赶不出城的了方才我是怕你說話不防頭招的我們奶奶哭所以催你出來的別思量劉老老道阿彌陀佛姑娘是你多心我知道倒是奶奶的病怎麽好呢平兒道你瞧去妨碍不妨碍劉老老道說

是罪過我瞧着不好正說着又聽鳳姐叫呢平兒及到床前鳳姐又不言語了平兒正問豐兒賈璉進來向炕上一瞧也不言語走到裡間氣哼哼的坐下只有秋桐跟了進去倒了茶殷勤一回不知嘁嘁喳喳的說些什麽回來賈璉叫平兒來問道奶奶不吃藥麽平兒道不吃藥怎麽樣呢賈璉道我知道麽你拿櫃子上的鑰匙來罷平兒見賈璉有氣又不敢問只得出來鳳姐耳邊說了一聲鳳姐不言語平兒便將一個匣子擱在賈璉那裡就走賈璉道有鬼叫你嗎你擱着叫誰拿呢平兒忍氣打開取了鑰匙開了櫃子便問道拿什麽賈璉道偺們有什麽嗎平兒氣得哭道有話明白說人死了也願意賈璉道還要說麽

頭裡的事是你們鬧得如今老太太的還短了四五千銀子老爺叫我拿公中的地賬弄銀子你說有麼外頭拉的賬不開發使得麼誰叫我應這個名兒只好把老太太給我的東西折變去罷了你不依麼平兒聽了一句不言語將櫃裡東西搬出只見小紅過來說平姐姐快走奶奶不好呢平兒也顧不得賈璉急忙過來見鳳姐用手空抓平兒用手攥着哭叫賈璉也過來一瞧把脚一跺道若是這樣是要我的命了說着掉下淚來豐兒進來說外頭找二爺呢賈璉只得出去這裡鳳姐愈加不好豐兒等不免哭起來巧姐聽見趕來劉老老也急忙走到炕前嘴裡念佛搗了些鬼果然鳳姐好些一時王夫人聽了丫頭的

信也過來了先見鳳姐安靜些心下畧放心見了劉老老便說劉老老你好什麼時候來的劉老老便說請太太安不及細說只言鳳姐的病講究了半天彩雲進來說老爺請太太呢王夫人叮嚀了平兒幾句話便過去了鳳姐鬧了一回此時又覺清楚些見劉老老在這裡心裡信他求神禱告便把豐兒等支開叫劉老老坐在頭邊告訴他心神不寧如見鬼怪的樣劉老老便說我們屯裡什麼菩薩靈什麼廟有感應鳳姐道求你替我禱告要用供獻的銀錢我有便在手腕上褪下一隻金鐲子來交給他劉老老道姑奶奶不用那個我們村庄人家許了愿好了花上幾百錢就是了那用這些就是我替姑奶奶求去也是

許願等姑奶奶好了要花什麼自己去花罷鳳姐明知劉老老一片好心不好勉强只得留下說老老我的命交給你了我的巧姐兒也是千災百病的也交給你了劉老老順口答應便說這麼着我看天氣尚早還赶得出城去我就去了明兒姑奶奶好了再請還願去鳳姐因被衆寃魂纏繞害怕巴不得他就去便說你若肯替我用心我能安穩睡一覺我就感激你了你外孫女兒叫他在這裡住下罷劉老老道庄家孩子沒有見過世面沒的在這裡打嘴我帶他去的好鳳姐道這就是多心了既是咱們一家這怕什麼雖說我們窮了這一個人吃飯也不礙什麼劉老老見鳳姐直情落得叫青兒住幾天又省了家裡的嚼吃只怕青兒不肯不如叫他來問問若是他肯就留下于是和青兒說了幾句青兒因與巧姐兒頑得熟了巧姐又不願他去青兒又願意在這裡劉老老便吩咐了幾句辭了平兒忙忙的赶出城去不題且說櫳翠菴原是賈府的地址因蓋省親園子將那菴圈在裡頭向來食用香火並不動賈府的錢粮今日妙玉被刼那女尼呈報到官一則候官府緝盜的下落二則是妙玉基業不便離散依舊住下不過回明了賈府那時賈府的人雖都知道只爲賈政新喪且又心事不寧也不敢將這些沒要緊的事回禀只有惜春知道此事日夜不安漸漸傳到寶玉耳邊說妙玉被賊刼去又有的說妙玉凡心動了跟人而走寶

玉聽得十分納悶想来必是被强徒搶去這個人必不肯受一定不屈而死但是一無下落心下甚不放心每日長嘘短嘆還說這樣一個人自稱爲檻外人怎麽遭此結局又想到當日園中何等熱鬧自從二姐姐出閣一來死的死嫁的嫁我想他一塵不染是保得住的了豈知風波頓起比林妹妹死的更奇由是一而二二而三追思起来想到莊子上的話虛無縹緲人生在世難免風流雲散不禁的大哭起来襲人等又道是他的瘋病發作百般的温柔解勸寶釵初時不知何故也用話箴規怎奈寶玉抑鬱不解又覺精神恍惚寶釵想不出道理再三打聽方知妙玉被刦不知去向也是傷感只爲寶玉愁煩便用正言

解釋因提起蘭兒自送殯回來雖不上學聞得日夜攻苦他是老太太的重孫老太太素來望你成人老爺爲你日夜焦心你爲閒情痴意遭塌自巳我們守着你如何是個結果說得寶玉無言可答過了一回纔說道我那管人家的閒事只可歎偺們家的運氣衰頹寶釵道可又來老爺太太原爲是要你成人接續祖宗遺緒你只是執迷不悟如何是好寶玉聽來話不投機便靠在桌上睡去寶釵也不理他叫麝月等伺候着自巳都去睡了寶玉見屋裡人少想起紫鵑到了這裡我從沒合他說句話知心的兒冷冷清清擱着他我心裡甚不過意他呢又比不得麝月秋紋我可以安放得的想起從前我病的時候他在我

這裡伴了好些時如今他的那一面小鏡子還在我這裡他的情義却也不薄了如今不知爲什麼見我就是冷冷的若說爲我們這一個呢他是合林妹妹最好的我看他待紫鵑也不錯我也不在家的日子紫鵑原與他有說有講的到我來了紫鵑便走開了想來自然是爲林妹妹死了我便成了家的原故嗳紫鵑紫鵑你這樣一個聰明女孩兒難道連我這點子苦處都看不出來麼因又一想今晚他們睡的睡做活的做活不如趁着這個空兒我找他去看他有什麼話倘或我還有得罪之處便陪個不是也使得想定主意輕輕的走出了房門來找紫鵑那紫鵑的下房也就在西廂裡間寶玉悄悄的走到窗下只見

裡面尚有燈光便用舌頭舐破窗紙往裡一瞧見紫鵑獨自挑燈又不是做什麼呆呆的坐着寶玉便輕輕的叫道紫鵑姐姐還沒有睡麼紫鵑聽了唬了一跳怔怔的半日纔說是誰寶玉道是我紫鵑聽着似乎是寶玉的聲音便問是寶二爺麼寶玉在外輕輕的答應了一聲紫鵑問道你來做什麼寶玉道我有一句心裡的話要和你說說你開了門我到你屋裡坐坐紫鵑停了一會兒說道二爺有什麼話天晚了請回罷明日再說罷寶玉聽了寒了半截自己還要進去恐紫鵑未必開門欲要回去這一肚子的隱情越發被紫鵑這一句話勾起無奈說道我也沒有多餘的話只問你一句紫鵑道既是一句就請說寶玉

半日反不言語紫鵑在屋裡不見寶玉言語知他素有痴病恐怕一時寔在搶白了他勾起他的舊病倒也不好了因站起來細聽了一聽又問道是走了還是傻站着呢有什麽又不說儘着在這裡慪人已經慪死了一個難道還要慪死一個麽這是何苦來呢說着也從寶玉舐破之處往外一張見寶玉在那裡獃聽紫鵑不便再說回身剪了剪燭花忽聽寶玉嘆了一聲道紫鵑姐姐你從來不是這樣鐵心石腸怎麽近來連一句好好兒的話都不和我說了我固然是個濁物不配你們理我但只我有什麽不是只望姐姐說明了那怕姐姐一輩子不理我我死了倒作個明白鬼呀紫鵑聽了冷笑道二爺就是這個話呀

還有什麽若就是這個話呢我們姑娘在時我也跟着聽俗了若是我們有什麽不好處呢我是太太派來的二爺倒是回太太去左右我們丫頭們更筭不得什麽了說到這裡那聲兒便哽咽起來說着又醒鼻涕寶玉在外知他傷心哭了便急的跺脚道這是怎麽說我的事情你在這裡幾個月還有什麽不知道的就便別人不肯替我告訴你難道你還不叫我說叫我鱉死了不成說着也嗚咽起來了寶玉正在這裡傷心忽聽背後一個人接言道你叫誰替你說呢誰是誰的什麽自已得罪了人自已央及呀人家賞臉不賞在人家何苦來拿我們這些沒要緊的墊喘兒呢這一句話把裡外兩個人都嚇了一跳你道

是誰原來却是麝月寶玉自覺臉上沒趣只見麝月又說道到底是怎麼着一個陪不是一個人又不理你倒是快快的央及呀噯我們紫鵑姐姐也就太狠心了外頭這麼怪冷的人家央及了這半天總連個活動氣兒也沒有又向寶玉道剛纔二奶奶說了多早晚了打諒你在那裡呢你却一個人站在這房簷底下做什麼紫鵑裡面接着說道這可是什麼意思呢早就請二爺進去有話明日說罷這是何苦來寶玉還要說話因見麝月在那裡不好再說別的只得一面同麝月走回一面說道罷了罷了我今生今世也難白陪這個心了惟有老天知道罷了說到這裡那眼淚也不知從何處來的滔滔不斷了麝月道二

爺依我勸你死了心罷白陪眼淚也可惜了兒的寶玉也不答言遂進了屋子只見寶釵睡了寶玉也知寶釵粧睡却是襲人說了一句道有什麼話明日說不得巴巴兒的跑那裡去鬧鬧出說到這裡也就不肯說遲了一遲纔接着道身上不覺怎麼樣寶玉也不言語只搖搖頭兒襲人一面纔打發睡下一夜無眠自不必說這裡紫鵑被寶玉一招越發心裡難受直直的哭了一夜思前想後寶玉的事明知他病中不能明白所以衆人弄鬼弄神的辦成了後來寶玉明白了舊病復發常時哭想並非忘情負義之徒今日這種柔情一發叫人難受只可憐我們林姑娘真真是無福消受他如此看來人生緣分都有一定在

那求到頭時大家都是痴心妄想及至無可如何那糊塗的也就不理會了那情深義重的也不過臨風對月灑淚悲啼可憐那死的倒未必知道這活的真真是苦惱傷心無休無了算來竟不如草木石頭無知無覺倒也心中乾淨想到此處倒把一片酸熱之心一時冰冷了纔要收拾睡時只聽東院裡吵嚷起來不知何事下回分解

紅樓夢第一百十三回終

